bruna ferreira

nasceu em 1990 em Brasília (DF) e cresceu no Gama, *quebrada* a 30 km da capital. Formada em letras e mestre em literatura pela Universidade de Brasília, por quatro anos foi aluna de doutoramento na Universidade do Minho, em Portugal, abandonando o curso antes da conclusão da tese. Mãe da Cecília Dayo, atualmente é servidora pública e coordenadora editorial do Instituto do Patrimônio Histórico e Artístico Nacional (Iphan). *Poemas retangulares* é o seu primeiro livro publicado.

POEMAS RETANGULARES

bruna ferreira

editora Urutau
primeira edição
2023

O —

editora Urutau

rua do cajú, 478,
jardim das cerejeiras
06724-015
cotia-sp (brasil)

rua manuel pacheco nobre, 128 - 5º esquerdo
2830-080
barreiro (setúbal)
portugal

[+351] 928053619 [portugal]
[+55] 11 9 4859 2 426 [brasil]

www.editoraurutau.com.br
contato@editoraurutau.com.br

[EDITORA]
debora ribeiro rendelli
[REVISÃO]
marcella sarubi
[PROJETO GRÁFICO]
wladimir vaz
[COORDENAÇÃO GRÁFICA]
tiago fabris rendelli
[DIAGRAMAÇÃO]
victor h. azevedo

dados internacionais de catalogação na publicação (CIP) de acordo com ISBD

Ferreira, Bruna
F383p Poemas retangulares / Bruna Ferreira. - Cotia : Urutau, 2023. 76 p. ;
14cm x 19,5cm.

ISBN: 978-65-5900-536-9

1. Literatura brasileira. 2. Poesia. I. Título.

CDD 869.1
2023-1799 CDU 821.134.3(81)-1

Elaborado por Vagner Rodolfo da Silva - CRB-8/9410

sumário

ao amor,

que me acendeu novas palavras.

afrotopia

A Ricardo Aleixo

Eu não sei te dizer qual
é a minha cor favorita, nem
a fruta de que mais gosto.

Não sei te contar a
última vez que soube, só
de olhar, a diferença entre
os quartos crescente e minguante da lua.

Todos os dias visto esta
carcaça
de mulher negra periférica mãe
solteira.
Dentro dela não há
tempo
para as sutilezas do ser-se.
Serem-se. Sermo-nos.

O branco mármore da cidade nos confunde os sentidos,
não se pode olhar diretamente para o chão.
Ou para dentro.

No futuro,
este tempo em que vou vencer,
haverá um lugar onde poderei,
profetizamos nós,
devagar, sem
vergonha, culpa ou
medo,
despir-me desta armadura de luta
(eu mulher negra periférica mãe
solteira e, ainda por cima,
canhota);

descobrir outra pele,
a de quem
gosta de chupar manga,
da sua cor alaranjada
e sabe,
só de ouvir o farfalhar das folhas da mangueira, que,
sobre nós,
neste deserto,
há de cair,
sem demora,
chuva.

E da grossa.

9 de abril

Há alguma coisa nas manhãs de domingo
no ar claro e limpo
no sol ainda frio
que recende a infância.

Um cheiro de cloro,
piscina, uns olhos vermelhos
um rumor de irmãos que brincam não muito longe.

A quietude aparente dos pais que leem na grama
presença que chega difusa aos meus ouvidos
submersos.

Meu corpo flutua, leve
procura o silêncio embaixo d'água
expansão quase.

As manhãs claras de domingo
terão sempre esse cheiro a cloro e Cenoura & Bronze
a memória de um cuidado de mãe
uma gargalhada de irmãos
e a resposta certa
das palavras cruzadas do Correio Braziliense.

retrato de família

São os três filhos homens de Francelino.
A foto tem tons de sépia,
ou do barro do chão de terra batida
que fazia as vezes de rua.

Os três meninos têm idades entre seis e dez
naquele ano de mil novecentos e setenta e seis.
Mulheres eram cinco, não couberam na foto seis por nove.
Da infância delas
nada sei.

Sei que eram três meninos e uma bola de futebol.
Onze homens ele, o pai, queria.
Maria lhe deu três, os tais da foto,
e a Francelino parecia que cada nova mulher
que nascia
era um varão roubado a seu sonho.

Três meninos:
um tem o pé esquerdo sobre a bola
(faz sentido que ao mais velho
tenha sido dada a honra,
não posso afirmar com certeza).

Não há sorrisos, o momento é solene.
Do outro lado da objetiva,
Francelino acredita ser esta
a primeira imagem
de uma galeria da fama cultivada com zelo.

A bola de capotão,
presente de uma madrinha remediada,
tomava o lugar daquela outra
de todo dia,
feita de jornal amassado envolto em meias velhas.

Os três da foto:
o corpo franzino do mais novo
derradeiro destino
das roupas que antes cobriram mal
os cambitos negro-acinzentados dos mais velhos.

Pés no barro — improvável que usassem sapatos.
Atrás, ao fim da rua,
crescia um buraco de erosão que matava gente
na última curva entre a cidade e o cerrado.

Sobrevive a foto em minha lembrança talvez
pelo contraste que faz com outra,
as duas emolduradas, juntas,
na casa de meu pai.

Cada um dos três filhos homens
conheceu mulher que lhe desse ao menos

um varão.
Na foto de baixo já não são
três irmãos
a olhar para a posteridade, são
três primos
a fazer troça do passado.

O chão que pisam é de asfalto,
a madeirite das casas da rua deu lugar à alvenaria
a bola sob o pé do filho do filho mais velho (acho)
está tinindo de nova.

A foto, agora, é colorida,
os meninos, fortes,
suas coxas roliças em bermudas de tactel.

Alheios ao orgulho dos pais,
à excitação, à nostalgia,
exibem sobrancelhas arqueadas
e meios-sorrisos.

Os filhos homens
tiveram filhos homens
herança de expectativas frustradas.

Em duas ou três gerações,
Francelino teve os seus onze descendentes machos.
Nenhum jogador de futebol.

campo aberto

A Tomé Capa

Eu hoje conheci o horizonte.
Não o reconheci logo que o vi, é verdade,
mas assim que meus olhos negros
(julgo que são negros)
acostumaram-se à claridade repentina,
pude distinguir ao longe,
como haveria de ser, de fato,
a fronteira
entre a linha da abóbada celeste e as ondas coloridas pela verde
[relva dos montes.

Até ontem nunca a tinha visto,
a fronteira.
Ouvi histórias, é verdade,
mas aquilo sempre me pareceu
fantasia
de quem sonha demais.

E então, queriam que eu acreditasse que em algum lugar do mundo
[meu olhar poderia ver o limite do infinito?
Histórias, histórias...
Histórias de quem aprendeu a viver na escuridão,
cercada pela bruma de um espaço interior,

também infinito,
mas de fronteiras invisíveis.

Não podíamos nos mover,
mal respirávamos o asfixiante cheiro
da nossa própria natureza.
Desde que me lembrava havia sido assim:
nasci na escuridão,
entre sombras cresci,
ouvindo histórias das mais velhas sobre
o horizonte,
esse lugar que é a fronteira das coisas visíveis.

A única fronteira que conhecia até então
era a das barras do meu
cárcere,
tão rentes, tão próximas,
que eram mesmo o meu próprio
corpo.

Mas eu hoje conheci o horizonte.

Quisera eu, pudera eu,
dar um passo em direção ao infinito.
Mas minhas pernas atrofiaram-se.
Meus pulmões aspiram com dificuldade
o ar puro desta atmosfera
límpida e brilhante.
O medo não me deixa fechar os olhos.

Se os fecho, a escuridão me traz à memória
as barras que me impediam
o movimento do corpo,
as barras que eram o meu corpo — e já não são.

Eu hoje conheci o horizonte.
Se eu pudesse,
se me fosse dada
a dádiva de um único — o primeiro — passo dar,
eu saberia a que sabe a liberdade.

Mas o corpo magoado tem medo de outra vez se chocar
contra as barras que lhe ferem a carne.
Os olhos
(julgo que os tenho negros),
esses sim,
movimentam-se
maravilhados, inquietos,
curiosos, sedentos de proximidade,
intimidade, contato
com o horizonte.

Eu hoje conheci o horizonte.
Eu hoje me apaixonei por ti, horizonte.
Se a coragem me levasse a dar um passo,
um
só
passo.
Eu sabia a que sabia a liberdade.

coroa

Também por linhas curvas
escrevem-se certas histórias.
Como a deste nascimento.

No bulbo a semente
do que virá a ser,
o futuro não realizado.

Frágil fibra, o fio se impõe, força.
Rompe a armadura,
penetra o ar, conhece a luz,
respira.
Não sabe para onde ir,
por isso
vai em frente.

Nutrem-se e multiplicam-se as células mortas,
biológica incongruência,
sobrevida do meu corpo,
cotidiano fim,
extensão animada pelo movimento.
Cresce.

Não sente o frio ou o calor,
a umidade ou o ar seco:
sofre-os.

Porque estava escrito em código,
porque nasceu predestinado,
ao crescer
enrola-se sobre si mesmo,
em teia embaraça-se entre fios gêmeos.

Passa a sentir — não, a sofrer,
uma outra força.
A gravidade puxa-o para baixo.
Já cresceu tanto,
já andou tanto
e não se nota.

Feito serpente que desconfia,
enrola-se e espreita.
Duvida. Mais uma volta,
espiral de ponta bipartida,
de corpo indefinido,
de nós por desatar,
já não há forças.

Perde o brilho,
pesa-lhe a sucessão dos dias e
das estações,
indaga o sentido da luta primeira

— aquela pela vida
na fronteira
com o que já morto estava.

Com as mãos calejadas,
mas suaves,
envolvo os fios
soltos.
Afago-os, acaricio-os
celebro-os
das raízes às pontas.
Nascemos,
somos matéria viva,
ainda que por mortos nos deem.

Envolvo-os com uma tira
feita de pano,
brilho, história e sentido
— é para o alto que se aponta,
é o céu que se almeja.

Encontram-se os fios soltos,
não presos,
apenas reunidos
para formar
o corpo da coroa.

Cabelo, queratina, melanina.
Parte viva

pulsante de mim,
luta inacabada,
memória ancestral,
oferenda minha
aos sentidos teus.

Respeita a luta dos fios,
a luta nossa,
dos meus.
Repara na altivez da coroa,
herança forjada
da mesma liga
dos grilhões
de outrora.
Vê: flui a fibra,
vibra a vida
no lento desenrolar das curvas.

Respeita, repara, vê.
Aqui estamos e somos.
Fios soltos, coroando
corpos livres, celebrando
vitórias reais.

brasília

na cidade-síntese do país
caminho à procura de algo
que me diga
de onde viemos?
essa pele, esse cabelo,
esse desenho do lábio: de onde?
por que cais aportamos neste planalto?
um pelourinho,
uma igreja de nossa senhora do rosário dos homens pretos,
um cemitério dos pretos novos —
procuro algo, qualquer
índice
na toponímia deste plano
que seja rastro a seguir.
nada.

onde as ruas não têm nome,
sobrenomes não faltam: costa, niemeyer, kubitscheck,
burle marx, bulcão.
homens inscritos no mármore branco,
em placas, em bustos,
no riscado do céu.

quanto a nós?
brotamos, pretos,
deste barro vermelho,
pás e martelos e serras em punho,
fogareiros acesos, comida feita em latão,
operários nascemos, candangos, diz a inscrição
— é isso?

obra pronta, desaparecemos,
como devem sumir os andaimes e as ferramentas de trabalho,
para que melhor se aprecie o horizonte,
o grandioso futuro de um país imaculado,
renascido, refundado:
branco,
como o mármore que ostenta sua capital.

8 de março

sofria eu da síndrome de ariel:
a que te faz calar
a própria voz
para fazer parte
do mundo *lá de cima*
onde há bailes
e príncipes brancos.

mulhereci
para habitar meu corpo-sirene, ecoar:
corpo é voz,
lugar é fala.

morada: a rua
dedo em riste e a pergunta
— eu sou invisível?

mostrar-me mulher
ao olhar de quem passa
me chama cabrita
ofende, abusa, mata.

no alto-falante, gritar:
a pele
exposta
é também
escudo

a voz,
matéria
do mundo sensível:
para existir,
se projeta
pra fora.

interdições do olhar

a dobra da barriga não
o queixo duplo não
a bochecha proeminente não
o nariz de coxinha não
a testa ampla não
o sovaco peludo não
o queixo pontudo não
desse lado não
de baixo pra cima não
de cima pra baixo não
muito de frente não
na contraluz não
com o vento presse lado não
façamos assim:
mostra só a paisagem.

praia de iracema

Nesta praia de Iracema
me atravessa uma encruzilhada de coisas abandonadas,
não terminadas, desfeitas.

O que resta do edifício São Pedro,
o que resta do navio Mara Hope,
o que resta da Ponte Velha,
o que foi feito da nunca terminada Ponte dos Ingleses.

Uma mulher jovem, cabelos negros, longos,
lava roupa no que teria sido um quarto de hotel que existiu no
[século passado.
Pode ruir a qualquer momento, o prédio:
ali se faz a rotina da manhã.

Da Ponte Velha se vê o petroleiro,
fortuitamente ali encalhado,
saqueado, desmembrado,
entregue ao mar,
que o traga entre corais.

Num muro da ponte uma pichação diz
"ESTÃO ACONTECENDO MUITAS MORTES!

SE NÃO SOUBER NADAR, NÃO PULE!”.
Tenho medo de altura, da queda,
passo a passo vou até onde posso.

Quatro pivetes se alternam entre saltar e filmar o que salta.
Um deles hesita ao ver algo lá embaixo,
enfrento a vertigem e olho:
a grande tartaruga marinha ziguezagueia entre os pilares
[recobertos por aço,
e logo submerge outra vez.

Chove enquanto ando pela Ponte dos Ingleses,
um homem a um canto, negro,
pede licença pra dizer
“parabéns pelo seu cabelo”,
e eu dou, a licença,
agradeço e digo,
“é o nosso”.
Reconhecido, lembrado de si,
ele balança a cabeça, “é”.

Não procuro um passado espectral
entre ruínas.
Quem tem saudade da glória das elites é o senhor de escravos e
quem dele reparte herança.

Vejo, agora:
o São Pedro ocupado por gente
que ameaça ruir mas ainda não;

a Ponte Velha sem salva-vidas e sem
guarda-corpo porque
pouco importa, parece,
que o mar leve mais um menino do Poço da Draga.

Vejo, agora,
na encruza dos desfazimentos,
a gente minha, que por aí circula,
entre ruínas,
que a despeito da queda iminente,
na vertigem da margem, vive,
até por enquanto,
e me saúda,
mesmo me sabendo forasteira: "Lembra?
Foi por esse mar..."

mangue-vermelho

Entro descalça no manguezal.
Ouça, veja, sinta,
diz o incansável Guia,
e nós vamos pela esquerda,
meu lado hábil.

O mangue filtra a luz
que a poucos metros dali
o mar espelha.
Respira, arfa com o vento.
Se arrepia ao meu toque curioso.

Caminho entre os caules do mangue-vermelho
por sobre a argila, um passo mais:
afundo.

O chão aqui não sustenta, engole.
Me chupa a terra líquida,
pra dentro,
pro meio,
pro viscoso e lento
decompor-se.

Uso a força pra sair, afundo mais,
estala satisfeito o barro ao me lamber
até a coxa.

Sei, sei que não vou afundar.
Tenho medo, ainda assim.
Conheço uma nova vertigem
que não vem da beira do nada,
vem do solo movediço.

Busco num braço do mangue o contrapeso pra sair,
saio.
O chão responde,
firme, enfim;
eu? não sei...

Planto três sementes depois da ponte,
na margem do rio,
antes da foz na praia.

Hão de vingar?
Não importa, agora:
lodo ou caule,
mangue serão.

junho de 2020

dia desses um espelho parou na minha frente.
por acaso,
não era pra mim.
sem querer mostrou reflexo,
que era mais
sombra.
que era mais
ausência
do que corpo mesmo.

juntei o que ainda havia de mim,
voltei pro meu lugar de nascer.
mãe, ajuda.
ajuda, mãe, ajuda,
senão eu vou sumir.
ajuda, mãe,
segura esse meu rebento, aqui
que eu preciso remontar
o corpo que reflete o espelho.

botar nele luz,
dar pra ele matéria que não seja esse luto

esse choro que dorme sufocado
antes de chorar.

tive refazimento.
o ar que tanto falta voltou a entrar com folga.
se espelho parar na minha frente outra vez
já vai ver mulher
de corpo inteiro.

tenho pés de saber ancestral
no caminho pro abrigo.
e um corpo que quer pulsar vida
muito mais depois que vida gerou.

passos de longe
e para sempre
que seguem vida
como raiz água.

vida, minha filha,
vida.

revolução solar

A um poeta sefardita do Marajó

num ano muita coisa muda
sem aviso,
muda um mundo
para mais se parecer
ao que é.

dia desses fez um ano até
uma ferida
(no joelho, essa)
dum dia em que caí
e ralei, na rua
feito menina,
que sou.

num ano também ela mudou
e já mais se parece
ao que é,
memória.

num ano espero que tenhas mudado
também muito
revirado
o teu verso —

verso fruta, de comer
com casca e tudo
(por gosto ou precisão)
verso terra de pisar
deitar, trepar, nascer
verso rio de correr
longe de onde brotou
mais ainda de onde há de ser mar
verso tu, verso homem,

a cada ano mais mudado
para mais se parecer
ao menino
que és.

poética

perguntaram, outro dia
se eu estava apaixonada
porque andei escrevendo coisas de amor.

o amor em mim é lembrança e desejo nunca
o agora.
amor — desse tipo mesmo
em mim é
adiamento
impossibilidade frustração fantasia
o quase que não vira
por quê?

não é fácil
e eu não acho quem queira se aferrar ao difícil
seguindo o conselho de rilke
a um jovem poeta.

se afeiçoar
a mim, excessiva,
caudalosa
como a natureza,
que falo demais, sou demais,

talvez ocupe espaço demais,
sou tanto que até sou
duas
transbordei em cria que crio
sozinha.

não é fácil, também, confesso
suportar
o silêncio alheio
a intimidade alheia
o espaço não eu
o vazio daqui até lá.

(e eu só gosto de quem tem muito espaço não eu)
só quero
os inviáveis indisponíveis intragáveis

homens-léguas

cujas distâncias percorro em versos
nesses versos
pra ninguém.

magma

um vulcão fervendo massa magmática
quando ouvir as sirenes tocar, corra.

houve um tempo em que as sirenes não cessavam,
anunciando o transbordo violento.
despovoar as proximidades era preciso,
isolar perímetros,
afastar para proteger
a vida do enxofre,
da lava,
o fora do dentro.

houve um tempo em que a erupção era constante,
destruindo sirenes com línguas de fogo.
um tempo em que toda pressão era muita,
de emoção não contida,
precocemente derramada sobre as vilas ao pé do morro.

houve um tempo que passou.
o magma ainda ferve,
quente, sempre,
mas aprendeu a brandura.

um vulcão é também encosta de terra fértil, rica,
a ser cultivada por quem se habituar aos sismos.

para quem se habituar aos sismos,
e só para os que se habituarem aos sismos,
um vulcão fervendo massa magmática
será lugar de fazer morada,
fazer brotar da terra vida, visões,
uma cidade inteira.

mas quando ouvir as sirenes tocar, corra.

modo de fazer

A Luís Ferrara

fogo baixo, brando,
não deixa de queimar.
fervura lenta
— e não é isso,
tempo,
que me canso a desejar?

deixa baixo o lume
(como o de um prato que se cozinha por três dias em panela
feita a mão)

o sabor mais se faz na demora.
demoremos
no calor de agora.

visita

às vezes a gente se prepara,
se arruma pro amor chegar,
e o amor não chega.

o amor parece aquela visita incômoda
tocando o interfone quando tá tudo revirado.
deixar subir ou dizer,
não, hoje não,
não estou pronta?

deixar subir,
dizer a fórmula antiga:
é só não reparar na bagunça.

dizer isso enquanto abre um espaço
ali, na hora,
pro amor sentar e ficar com a gente.

se eu chegar essas preocupações do trabalho
pra lá,
se eu empilhar num cantinho as tarefas
com a filha,
se eu empurrar só um pouco pro lado essas contas que já vão vencer,

aqui, olha,
acho que já dá pra gente se sentar,
amor.

o chão sujo com a tensão sobre o futuro do país, esquece,
só vou conseguir limpar semana que vem.

não repara na bagunça, amor,
no meio do caos da minha vida
foi esse o espaço que encontrei pra você

e a culpa é sua,
com essa mania de ser agora.

não espera feriado prolongado,
nem o dia depois da faxina pra chegar.
não vem quando as coisas se acalmaram,
nem espera o dólar baixar.
inoportuno, inconveniente,
enxerido mesmo
é o amor.

fazia tanto tempo que você não vinha, amor,
eu quase que nem te reconheci.
não fosse esse risinho véi besta
que tu deixa na minha cara...
não fosse esse fogo no peito
que dana a me fazer gastar tinta de caneta no papel
como se além de tudo eu também não tivesse que estudar
[direito constitucional daqui a pouco, amor...

amor, eu quase que te deixava passar
mas vá, entre.

só não repara na bagunça.

fica o tempo que quiser, amor
eu vou arrumando o que der enquanto a gente conversa.

me faz companhia, amor.
entre almofadas reviradas
e aquele taco de madeira no canto da sala que ameaça sair do chão
com você aqui, amor,
nem mesmo eu
duvido
que esteja tudo em seu lugar.

encontro

da primeira vez que eu me deitei no teu peito,
já estava lá, o barulhinho:
tic-tac, tic-tac.
cada segundo
durava menos que o último,
e tinham todos a mesma medida.

alerta de explosão iminente,
a ouvidos atentos, dizia
foge:
aqui não é lugar pra descansar.

acontece que eu vi muito filme na *tela quente*, *super cine* e
temperatura máxima, meu bem:
eu sei que sempre se corta
o fio vermelho.

antes dos segundos finais
da contagem regressiva
para a estrondosa explosão: tic!
seu coração volta ao tum-tum
do bombear constante e tranquilo.

amar nosso espelho fraturado
passa por aprender
a desarmar
todos os dias
a bomba que engatilham em nosso peito
cenas como
uma mulher
branca
caçando
de arma
em punho
em plena
luz
do dia
um homem
negro.

a tecnologia do afeto é ancestral:
dengo, chamego,
cafuné, um xêro.
óleo perfumado pra deslizar o toque,
pra pele ser mais pele,
mais tátil,
mais vida.
entrelace de pernas, de braços.
choro.

fio vermelho cortado:
hoje não tem explosão.
amanhã, outro dia.

anúncio

nada existe fora do espaço
até os sonhos
precisam de um lugar
ainda que imaginário deformado maquiado bricolado
os sonhos estão lá.

sonho com uma casa
que possa chamar de minha mas também nossa
e que seja minha sem deixar de ser nossa
e nossa sem deixar de ser minha.

a poética espacial dos relacionamentos
me escapa
percebo que nunca fiz morada
fora de mim
e que até essa casa-eu
não me cabe.

espaçosa que sou nos afetos às vezes me retiro para que caiba
quem amo.

às vezes me retiro.

procura-se uma casa onde caibam meus livros,
os brinquedos dela
e a mesa em que ela faz móbiles de papel
duas canecas de porcelana *le creuset* e
uma samambaia que teima em não morrer
apesar do pouco cuidado.

vamos também eu e uma criança que é imprescindível amar.

amá-la.

de amor-presença, amor-estar,
espacial amor.

a casa deverá comportar
o peso das lembranças de quem sente muito
e algum choro noturno da criança,
ou não.

as janelas devem ser amplas
para que se tenha a ilusão de que o lá fora é aqui perto,
de que em caso de necessidade ou
sufocamento,
é só pular
— apenas a ilusão!
a queda esbarrará nas redes de proteção,
in - dis - pen - sá - veis.

procura-se uma casa
que seja um pouco ventre,
que aqueça como o amor.

uma casa em que nós possamos ser mais que duas.
mais que sós.
mais que a falta.
em que não se lamente
porque ele não veio.
em que não se lamente
porque ela não voltou.

procura-se um espaço para o sonho.
inventa-se.
já está.

serviço de estrangeiros e fronteiras

I

ah, o glamour da decadência!
best product of portugal

II

diante da velha europa,
suas seculares igrejas de pedra
cujas gárgulas dizem de mim:
pequena
finalmente um ar de triunfo

triunfo de quem descobriu
varrendo chão de migalhas
limpando sobras de pratos
entreouvindo, clandestina
conversas regadas a vinho bom e caro

que o que você tem, europa
é medo
que o que se respira no ar

o que se paga em euro
é nostalgia
— e mais nada

que você está entregue,
tão transparente quanto
uma biblioteca iluminada
sem mistério
sem mística
sem graça
sem o segredo que você,
dissimulada
inveja em mim

menor, você diz?
menor, dizes tu?

diante de ti, europa,
me ergo e me abro
a um olhar
que me alcançar já não pode

III

eu e o mondrian
nascemos no mesmo dia,
sete de março
com a importante diferença
de que eu

ainda vou a tempo
de criar algo
além
de uma estampa de caneca
pseudocult & *overpriced*
que se vende em lojinha de museu

(europa, que fizeste do meu respeito pelas vanguardas modernistas?)

IV

descolonizar imaginários,
reivindicar territórios:
quando em paris, preferir
a *presénce africaine*
à *shakespeare & co*

V

uma vez em amarante
que diria teixeira de pascoaes me visse
cabrita impura, errante
na sua pátria aldeia?

ó, joaquim, não é saudade,
é banzo é que é
fica em paz,
eu nada quero da tua raça lusitana.

ilusão de inverno

as camadas de roupa são três,
talvez quatro
não bastam para esconder um corpo que se desculpa
por não ser sabedor das artes e
pensares desse povo ilustrado,
não dominar a língua de cultura
desse povo avançado,
não ter a pele os olhos o cabelo
as tecnologias de enfrentamento ao frio
nada em comum com isso que só pode ser
a verdadeira civilização
reveladas por contraste as insuficiências, enfim

— eu nem devia estar aqui.

ano-novo em hamburgo

um bar de marinheiros,
véspera de ano-novo
lugar acostumado a gente bêbada e ruidosa,
preta, não.
queriam saber do meu cabelo,
verdadeiro ou falso
olhares intrusos curiosos sobre a exótica peça
trazida por portugueses (sempre eles)
mas desta vez amigos (meus) não vassalos (deles)
aí reside a novidade

esse sorriso rasgado: cosmopolita.

regresso

voltei pra esta terra natal quebrantada,
espantada (arrependida?)
da ousadia de ter saído, ingrata.

desejosa do colo de minha mãe,
de lá me aninhar, menina de novo,
protegida de crescer.

mas quem deixa uma vez o ninho-casa sabe:
não existe voltar.

em terra estrangeira,
(soprava já a intuição)
me esperava novo nascimento,
devir-eu.

o tempo deste retorno foi breve,
revi amigos, família,
esse lado do mar.
revi tudo o que me via pela primeira vez.

pedagogias do deserto

I

se ficares tempo que baste
vais aprender a diferenciar
aridez de aridez
nada de nada
morte de morte
cada uma, uma
por muitas que sejam

se calhar já não estou a falar do saara

— paisagem interior

II

na fortaleza caída
repara: onde começa o barro
que secou ao sol,
onde termina meu corpo?

— estar à vontade entre ruínas

III

na áfrica árabe, fui berber
descendente do povo do deserto,
nômades
com morada fixa no não lugar

fui até rebatizada,
(*what's in a name?*)
por alá, me chamem de fatimah,
filha do profeta!

— identidades flutuantes.

julho de 2017

A Luís Pimenta Lopes

abraçamo-nos
e desde então pelos teus olhos não me vejo

que falta me fazem eles,
teus olhos
e a mulher, que mulher!
que encontravam eles
ao me olhar

penso que ela terá ficado em parte
no teu abraço
em parte,
detida no controle de estrangeiros do aeroporto,
para garantir que eu tenha pelo que voltar
— como se não bastassem os livros que deixei contigo,
o meu box de *o tempo e o vento!*

o fa(c)to é que hei de voltar,
(dessa vez não irei sozinha)
e de me reencontrar contigo,

também com esta tipa que se deixou engravidar
(como disse o teu pai)
e meteu-se a andarilhar
na secura *madrileña* de julho
tateando com os pés o adiamento
desta última mirada

para sempre, morada:
teus olhos.

puerpério

I

ser duas aonde quer que se vá.
foram-se embora os cabelos,
a confiança,
o à vontade do corpo.

corpo estranho, revirado,
costurado, público.
meu?
olhares de quem,
atraio?
sequer no espelho
me vejo, não
me olho
translúcida, invisível,
dissolvida
em tristeza e solidão,
incerta de ser:
mãe de uma recém-nascida.

II

à sombra dela, ser sombra
dela.
e chão e pão e leito e tudo,
tudo,
ser tudo para alguém
que ainda há
de ser,
que apenas será
se antes fores
tudo.
ser toda ventre.
até sufocar
por tanto ser
o próprio ar.

cantos para dayo

I

gestar no ventre uma estrela
calor e luz, direção
vida, enfim
sol

II

o que pode dizer o Atlântico
a uma filha de mãe brasileira
e pai cabo-verdiano
caminhos cruzados em Portugal?

águas imemoriais são o teu berço,
minha pequena,
e esta infinitude
te desejo nos teus anos

o dia mais longo entre todos
foi o que escolheste para vir ao mundo:
solar que és,

vida minha, Dayo
— aquela que traz alegria
teu nome é profecia
que em meus dias se cumpre

vida longa, minha pequena,
vida plena, radiante, como tu
que o mar seja um amigo,
um caminho,
tua história

III

agarrada a ela
como quem se apega à vida,
como quem a vida enlaça
decidida a ficar

— âncora

IV

maternidade é morada que se ergue com vagar
por algum tempo na minha
faltaram janelas,
ou mesmo
uma pequena claraboia
por onde entrasse algum frescor
caverna era, não casa

maternidade é morada que se ergue sem cessar
quando abrimos janelas
quando pude respirar
é que se iluminou o nosso mundo

escrevo isto para lembrar:
a cor mais vibrante
não existe
sem luz
e a mãe que eu sou
não existe
sem mim

V

olhar-se além do espelho
olhar-se, não no espelho

— filha minha, autorretrato

VI

há um certo olhar,
uma expressão facial na família,
que é a máscara do medo do abandono,
do desamparo
que pede colo
e "me abraça, vou chorar"

"cara de bruna", chamamos
(*I wonder why*)

quando nela enxergo o mesmo olhar, aflita
em vez de

"eu não sei também, querida
também eu tenho medo"

o que digo é

"está tudo bem, querida
não precisa ter medo"

encantamento ancestral
conjuração de aconchego,
coragem

— não só pra ela.

nascida e renascida

A Emanuelle Aduni,
Geanine Escobar, Geíse Pinheiro,
Larissa Lima, Luciene Amorim,
Melissa Rodrigues
e nossas irmãs

Os nascimentos são muitos.
Em comum:
precisam de quem ampare pela cabeça
o rebento que vem ao mundo.

A ternura no olhar
de quem me viu gestar, parir, nutrir
desconcerta.

Ambivalência imemorial
de quem muito quer o afeto
sem dele se achar digna.
— ora, por favor, não se incomode em me notar!

Por alguma distorção patriarcal,
acreditei que crescer
era negar a falta:
eu me viro
não me abalo

eu dou conta
não preciso
eu me basto
eu tou bem

e outras mentiras difíceis de desaprender.

E então,
mãe de menina:
pelo meu corpo
ela foi amada
por princípio,
amor irrecusável,
não era meu pra rejeitar.

De incômoda
a mão estendida — alheia
passou a familiar,
desejável até
imprescindível:
— me dá.

Cuidado carinho
afeto afago
canção de ninar.

Renascida, digo:

ser cuidada é bom,
e eu quero

(além de precisar,
como tudo o que é
perecível).

xirê de cura

A Maria Cecília Calaça

Folhas secas recobrem o chão museal
feito terreiro, espaço aberto,
chão fecundo, batido ou revolvido,
onde se dança em roda, se planta o roçado
d'onde vêm:
o alimento que sustenta o corpo,
as ervas que aliviam o espírito,
tudo um só axé.

Terreiro onde se deita
para aterrar,
d'onde se erguem
roncós e barracões,
teto, casa, proteção.

Em cada cabaça se firmam
as orixalidades do panteão iorubá.

Figurações do corpo negro feminino
flutuam irmanadas, giram —
as que vieram antes, as
que estamos, as que virão.

As abayomis evocam os fétidos porões de uma travessia forçada,
a que sobrevivemos adoecidas de corpo e não só.

Aos grilhões da memória do trauma sobrepõem-se
os laços de afeto,
mãos que se dão em roda,
tempo-contínuo,
presente que refaz o passado
(como a pedra proverbial de Exu).

O xirê move-se
do objeto a mim,
singular,
efêmero, não:
permanece.

a um viajante

braga, breves, são luís
três vezes amei depois que pari
três vezes o não depois que fui mãe

ficaram alguns poemas
escritos na pia de louça
no varal estendido
à beira da cama
no tempo miúdo das frestas do dia

como agora:
sol que nasce
criança que dorme tranquila
meu peito suspeita, e pergunta

em que pedaço de chão nasceu o amor que virá?

mel doce de cana, riso
que me jogue pra trás a cabeça
braços que dobrem a força dos meus,
já cansados
colo em que brote livre o meu chorar

vem de muito longe, será
por isso, talvez
a demora.

Pesar as palavras,
para que se e
n
r
o
s
q
u
e
m mais d e v a g a r.

O pensamento acelerado

sal ta entre conclusões-miragem
ti

que as palavras,
serelepes,
engodo de mágica,
me fazem plateia ver,
não estando lá.

Escrevo como quem joga malabares,
cam
não raro os três pinos fi no
ar

Agilidade ou truque: hábito.

Pesar as palavras
é arrrrasssstaaaaaaar o pensamento,
forçá-lo a deter-se
um pouquinho mais,
o tempo preciso.

Para que a palavra signifique.

Pesar as palavras
não com a dureza da rocha,
mas com a força da água
transfor-mar
a ligeireza do ar em c
h
u
v
a
tempestade,
vento que se vê.

[agradecimentos]

A literatura é uma arte coletiva. Esta edição de poemas não seria possível sem o incentivo que encontrei nas oficinas e cursos promovidos pelas pessoas escritoras Bianca Gonçalves (Fotografia e Escrita, 2020), Ricardo Aleixo (Poéticas da Dispersão, 2022), Tatiana Nascimento (Chover o Céu da Boca, 2022), e Cidinha da Silva (Vozes Independentes no Mercado Editorial, 2023), dos quais pude participar por terem sido oferecidos em modalidade remota, pelo que agradeço.

Foi fundamental para o gesto de firmar esta escrita, também, participar da leitura virtual do romance *Um defeito de cor*, de Ana Maria Gonçalves, promovida pelo Grupo Leituras Negras (2020), do Núcleo de Estudos Afro-brasileiros e Indígenas (Neabi) do campus São Sebastião do Instituto Federal de Educação, Ciência e Tecnologia de Brasília (IFB), sob coordenação da professora Jaqueline Coelho, a quem muito agradeço.

Quero ainda agradecer a Luís Pimenta Lopes, pela primeira leitura crítica desta coletânea, e a Melissa Rodrigues, pela afetuosa carta atlântica com que apresenta esta edição.

■ primeira edição
■ julho de 2023